Paseando junto a ella

Paseando junto a ella

Georgina Lázaro

Ilustrado por Teresa Ramos

everest

Para Mami

Cuando era muy pequeño,
cuando todo era nada,
y nacía el comienzo
como una madrugada…

5

... empecé a oír sonidos
que abrían una ventana.
Las palabras llegaron
envueltas en su nana.

Supe que era *Miniño*
y que debía dormirme.
Así soñé en sus brazos
tan suaves y tan firmes.

Con su voz que era dulce
como luz de acuarela
un día me lo dijo:
«Tesoro, soy tu abuela».

Me sentaba en sus piernas
y jugaba conmigo:
una linda manita,
un barco chiquitito…

Su cara era una fiesta,
tan alegre, tan viva.
Mi mirada en la de ella
se quedaba cautiva.

Que siga el topi, topi,
aserrín, aserrán.
Mambrú se fue a la guerra,
maderos de San Juan.

Agarrado a su mano
empecé a caminar.
«Andando, andando, andando
que te voy a ayudar».

El mundo abrió sus puertas
paseando junto ella;
flor, nido, mariposa,
nube, pájaro, estrella.

Y como en el principio
se creó el universo,
nombrando cada cosa,
cantando cada verso.

Me regaló los nombres
de árboles y flores,
de números y letras,
de formas y colores.

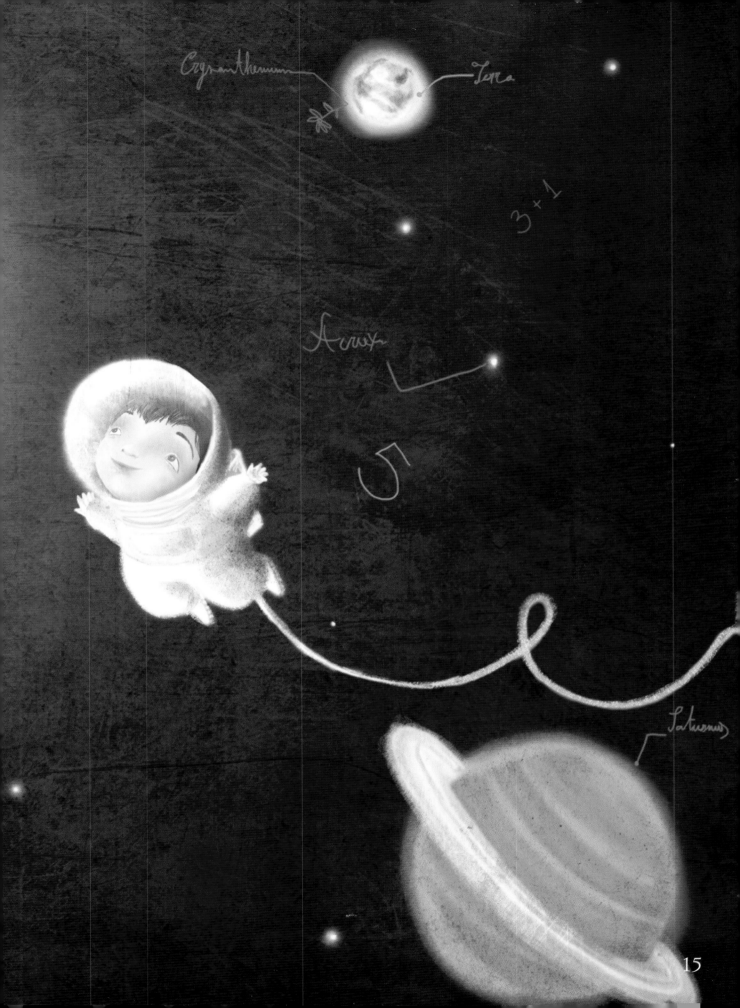

Y guiaba mi mano
por el lomo de Tita,
su mansa gata blanca
tan suave y calentita.

Gata, blanca, traviesa,
arena, ola, espuma,
hormiga, miel, abeja,
caracol, viento, pluma.

Llené así de palabras
un cofre de tesoros
vivos y musicales,
precisos y sonoros.

«Háceme un cuento, abuela».
Comenzaba el encanto,
se abría el universo,
su voz suave era un canto.

Caperucita Roja,
Blancanieves, Juan Bobo,
Pulgarcito, Pinocho,
los cerditos y el lobo.

Era un mundo de ensueño;
ilusión, fantasía…
«Háceme otro, abuela.
Cuéntame una poesía».

21

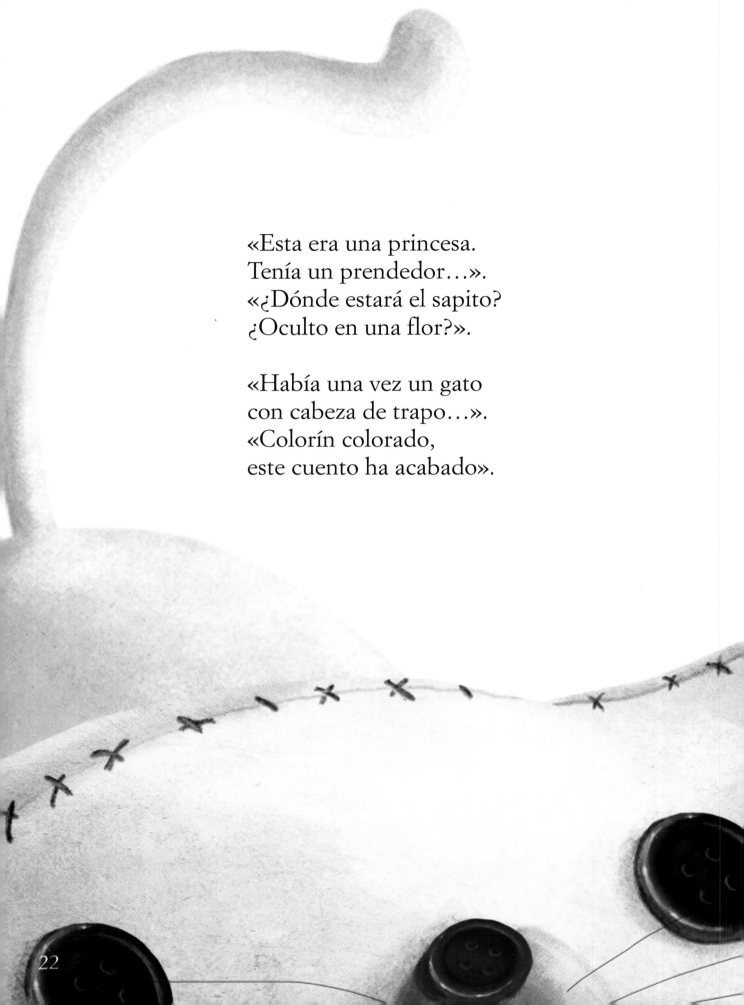

«Esta era una princesa.
Tenía un prendedor…».
«¿Dónde estará el sapito?
¿Oculto en una flor?».

«Había una vez un gato
con cabeza de trapo…».
«Colorín colorado,
este cuento ha acabado».

El tiempo fue pasando
como el tiempo transcurre.
Los días se hicieron años
como ya sé que ocurre.

Yo crecí; ella cambió.
Su andar se hizo más lento.
Ya no canta su nana,
ya no cuenta sus cuentos.

¿Dónde están sus palabras
sonoras, musicales,
que secaban mi llanto,
que curaban mis males?

¿Dónde están sus palabras?
¿Adónde se habrán ido?
¿Dónde está su memoria?
¿Dónde se habrá perdido?

Ya no hay fiesta en su cara
ni luz en su mirada.
Le digo: «Hola, abuelita»,
y se queda callada.

Nunca dice mi nombre,
aunque a veces me mira,
y creo que me recuerda
porque sonríe y suspira.

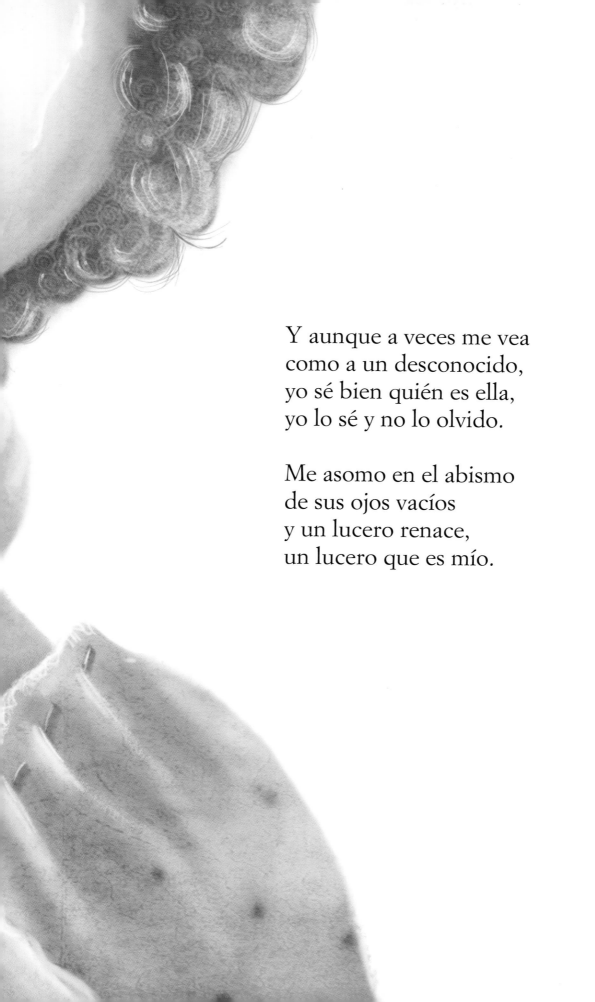

Y aunque a veces me vea
como a un desconocido,
yo sé bien quién es ella,
yo lo sé y no lo olvido.

Me asomo en el abismo
de sus ojos vacíos
y un lucero renace,
un lucero que es mío.

La tomo de la mano,
la llevo a caminar.
«Andando, andando, andando
que te voy a ayudar».

«Mira, abuela, una gata,
es blanca como Tita.
Anda, tócala, abuela.
Es suave y calentita».

«¿Viste qué azul el cielo
y qué linda esa flor?
¿Cuántos pétalos tiene?
¿Te gusta su color?».

Del cofre de tesoros
que ella ayudó a llenar
voy sacando palabras
que le hagan recordar.

Libro, fuente, paloma,
arena, ola, espuma,
hormiga, miel, abeja,
caracol, viento, luna.

La vida abre sus brazos.
Su memoria perdida
hace nido en mi alma
que la guarda y la cuida.

Vuelvo sobre mis pasos
paseando junto a ella;
flor, nido, mariposa,
nube, pájaro, estrella.